歌集

たてがみ

小塩卓哉

角川書店

たてがみ　目次

Ⅲ

Ⅳ

装幀　片岡忠彦

歌集　たてがみ

小塩卓哉

I

貴婦人

ただ一人立ちたる姿剣のようずっとひとりで来た人ならん

風呂敷を器用に包む人なりき夏の終わりに思い出す人

地下鉄の漆黒の窓に映りおり真白きマスク付けた七人

貴婦人のような女性は貴婦人であり得ぬことをようやく知りぬ

寿司桶は鮨詰めのがよいに決まってる鰻丼だってもちろんそうだ

マロニーが麵のこととは知らなんだ妻と二人になって知ること

鶏頭の花をしばらく見ておらず子規が見つめた鶏頭の赤を

白鳥はその羽見事に広げたり我は冬の日ブラインド降ろす

目立たなくなっただけだと知っている一人になると痛む傷跡
もう既に命を終えし星の影涙をぬぐうような瞬き

残照

行く先の知れぬ電車に乗ってみたし我のみ独り行く先知らずは

流木のように海原漂える記憶の中で定年となる

まだ慣れぬ段差のようなものありや職場変わりて三度つまずく

新聞を捲り辞典を引くときの紙のぬくとさ学生ら知らず

わが子より遥かに若き学生をマスクの違いで判別しおり

振り向けば縦笛を吹く少年がついて来たりぬ鼠を連れて

静物のように置かれた空ボトル昨夜しこたま付き合いてくれぬ

帰り来てマスクを捨てる日常が一年越せば年常と言わん

流れ行く車窓について行けなくて静かに開く庄野潤三

エビデンス、エビデンスがと言う人は大きな鯛でも釣ってみたいか

カラオケにすっかり行くことなくなりて筒美京平ハミングしおり

残照のごとく言葉は遺されぬここ最果ての地と思わねど

紙芝居

夢で逢いましょうと言えば切なくて夜明け間近に眠りに落ちぬ

夜はいつもピタゴラスイッチ見ておりぬ明日に向けてスイッチ押さんと

ＹＯＡＳＯＢＩという歌手か何やら分からぬが現代の歌我を揺さぶる

紙芝居のおじさんどこから来たのだろう最後の一枚見せずに帰る

フルートを吹いてみたしと十八の春に眺めた雲とうになし

サビの部分を抜いた音楽聴くような緊急事態宣言の日々

高原の小枝を大事にしろと言う人ありたるを思い出す秋

秋色の砌《みぎり》と書きだし止める筆スマホを観れば二十五度なり

銀杏を机の上で転がせば秋はいつしか冬のおもむき

イエスタデイ

三月が嫌いだという人手を上げて　上げた人から退出を許す

朝食にクロワッサンを食さねばねっとりとした一日となる

リチャードとカレンが唄う不即不離　ワンスモアと呟いてみる

君は僕の離れのように眠ってる「おやすみ」といつ言ったのだろう

そっと風が付箋を剝がしていたように僕はここから立ち去るのかも

お近づきになりたいならばしばらくは蚊柱となり漂うもよし

まだ解けぬ方程式があるごとき気分のままに夏越の祓

見て呉れは偏見生むと知り初めき小林桂樹の「裸の大将」

この夏も花火見られず「長岡の花火」眺めて人混みを恋う

虹の足見に行かないかと言いくれし友の住む故郷《まち》思う時々

「どんぐりと山猫」未だ忘れざり　あたまのつぶれたやつがえらいと

尾張と美濃

尾張弁では、みぞれのことを「しぶち」と言うのだと妻が教えてくれた。

しぶち降る冬の尾張の薄曇り盾のようなる伊吹嶺を越え

信長の夢ならずとも岐阜城の天守に立たば涌き来る思い

下るよりほかなき水の摂理ゆえ木曽川は常に美濃に背を向く

小島信夫が美濃語るとき能弁でいつも虚構に満ちていたりき

名鉄の電車はいつも赤いから濃尾平野のラインマーカー

対岸の人に向って叫べども川越えるごとに言葉の変わる

虚無僧

「みんなのうた」六十年も続くと知り還暦の我の耳が喜ぶ

公園をスマホで撮ってる人のいてロケのようなり　てなわけないか

備えなし憂いもなくて定年の駅を出てゆく各駅停車

ドルーピーをもはやだあれも知らざれど睡魔襲えばドルーピーが顕つ

スヌーピーは今でもみんな知っている耳を回して空へ飛び立つ

細い路地に入っていったらいつの間にか無事に出てくるピタゴラ装置

変異種も子孫を残す知恵ならん進化というは侵略の一つ

プリズムを通りてきたるような顔　すっきりとした顔が好きだよ

キドカラー号日本の空に浮いていた昭和の子供たちを見守り

一枝に絡みつき咲く梅の花春待ちきれず笑《え》まうがごとし

遅咲きの桜を待たんいつも人の後ろを歩く習いもつゆえ

これが最後の式辞と思えば咳《しわぶき》も言い間違いも愛おしくある

虚無僧のような男とすれ違う深編笠は被りておらねど

落葉樹じっと見ていて目に浮かぶ今年の夏に勢う緑が

節分の夜の静寂《しじま》を破くのは新型コロナを遣《や》らう声々

思い切り泣いたらいいと言うように空からぽつり霙が落ちる

とおりゃんせ　ちょっと通してくださんせ　コロナに罹らば帰りは怖い

かごめかごめ　後ろの正面誰だろうちょっと背中をつついて欲しい

絵具にはない色をもて思い出は塗ると決めたり還暦の日に

秋のただ中

たくさんの人ら出でくる公園にマスクをつけた犬が一匹

誰も皆あの月見上げ祈るらん去年《こぞ》と変わらぬ日々待ちいると

偉人にも大と小とがあることを思い出しつつ仰ぐビル群

名古屋ではナルミ、ノリタケ競り合えどわが食卓にいずれも並ばず

押切はかつてオシドリ住むゆえと言われ名古屋の城を見上ぐる

難読の地名の駅をやり過ごす高岳《たかおか》、御器所《ごきそ》、新瑞橋《あらたまばし》と

枇杷島に泳いで渡る夢を見き名鉄電車がまだない頃の

アプリもて木々の名前を探しいる女子高生は秋のただ中

吾亦紅《われもこう》秋の野原に穂の花を咲かせておれば吾も恥じらう

自分では見えないけれど黄《き》と白のコントラストで行く並木道

あの雲の形が何だか懐かしくしばし枕とさせてはくれぬか

神に手が届いたのかもマラドーナ記憶の中で未《いま》だ駆けおり

「あけおめ」と子に言わるれば「ことよろ」と少し威厳をもちて答える

溶けていくグラスの中の水割りの氷のように揺れている我

マスクごと口の剝がれる夢を見きもう一年も呑み会なくて

わが庭に槻の木ありと父が言いその父も言う欅のことなり

難しい名前の蜜柑買ってきてどこから剝くか悩みていたり

マスク座

空の星つなげるならば四角形マスク座かもねと妻呟きぬ

我の引く犬より大きな犬が来て犬と一緒に固唾をのみぬ

笹竹も立たぬ七夕一宮「コロナ去れよ」の短冊書けど

何もかも中止となりて家籠り隣にトトロいる気のしたり

クマゼミが朝早くより啼きしきる悪疫去れよの読経のごとし

懐かしの平成という番組を斜《はす》に構えて見ている爺《じじい》ぞ

稲妻は秋の季語だと君が言う薄を揺らす暮れの雷鳴

鬼太郎によく似合うなと思ってたちゃんちゃんこ今我にお似合い

「シャンテ」唄うベコーの瞳もの哀し　もうそろそろの人生の季《とき》

第二波の前夜のような晩餐か子ら集まりて還暦を祝う

しばらくは見ることもなき座高計背中丸めて座りしかの日

雨雲がたちこめるときアメフラシ二本の角を天に突き立つ

木石にあらざる我の日記帳　今日と明日との架け橋となれ

シルエットクイズを誰も知らなくてカーテンの外《と》にまだ出られない

月見れば去年《こぞ》と変わらぬ月なれど同じならざる日常と思《も》う

見上げれば空に十字架出来ていて消えぬうちにと思わず祈る

欅の木いろんな色に紅葉し散歩の度に我を励ます

雲の細くたなびきたるを愛でし人秋の終わりは春には遠し

エンドロールじっと見ていて気がつきぬ自作自演の終活劇だと

不意打ちより待ち伏せのほうがよかったぜ　緊急動議の手が上がる時

三色あれど一色の出ぬボールペン娘一人がまだ帰らざる

烏

ダダダダと烏が屋根の上を行き朝日覚めたり卯月朔日

これこそが明烏かと想えども妻は背中を向けて寝ており

明けぬ夜はないはずなれどまだ暗く明けの明星輝くばかり

定年の年の卯月の桜花その下深く骸《むくろ》あるべし

パンドラの箱開けたれば目に見えぬ微小の災禍世界に散りぬ

この国のあり方縷々と批判して天から唾《つばき》が雫と垂れる

謂われなくスペイン風邪と呼ばるれど百年を経て謂われのごとし

池の水ぜんぶさらってみたならば我の心に泥亀の棲む

マスクしてマスクを購いに並びたり物欲しげなる目見しておらん

軽石のように見られて帰り際車のドアを思い切り閉む

青春の欠片

アメリカの映画みたいな夢の後尾張名古屋の渋滞にいる

満月はホルンの形　輪郭を表すような太き響きぞ

今日の月確かめるため外に出る　たった一人のアラビアンナイト

遠い遠い空の向こうに行ってみたし鏡の奥に行くようなものか

躓いた石ころ拾いよく見ればおそらくこれが青春の欠片

たくさんの蹉跌が空を舞っている夕暮れ時の幻覚ならずや

失敗の背中がやっと見えてきた　周回遅れの我の背中が

敗北にカムバックのルビ振られおり高校時代の日記開かば

大相撲終わって名古屋の街寂しきしめん、ういろう、　みんなさびしも

台風で伊勢への旅がなくなりぬ傘一人さし伊勢を拝みぬ

七夕も人影まばら吹き流し千々に乱れて乱痴気騒ぎ

芸人が闇の中から踊り出てなにやら愉快なことしてくれる
コークよりペプシが好きで、ディズニーは何だか嫌い本音を言えば

そんなもんじゃ

向こう向きとは何だかへんな謂いこちらを向いた背中疎まし

無色でも透明でない冬の空　ヒマラヤ杉の背景として

目と鼻の先に生えてるナンジャモンジャそんなもんじゃと鼻歌唄う

人を抱くようにカーテン束ねおり朝陽浴ぶればひと肌恋し

公園を一人歩けば日の短し山の上から日は暮るるなり

ジオラマが捨てられている夢を見きそのジオラマは我が夢なりき

列島に土足で踏み込む台風は天の水甕粉々にせり

これほどに狂暴なれど産声を上げたる頃は無垢な渦巻

『コンチキ号漂流記』読みし日思い出す漂流するは台風も同じ

ハリケーンはたタイフーン、サイクロン北半球に名を変える彼奴《きやつ》

Ⅱ

ドローン

ポンチ絵の好きな講師のプレゼンを分かったような顔をして聞く

前を行くTシャツの文字声上げて読んでしまいぬ振り向かないでね

多少なりとも凹んでいると思うなら励ましてくれ場面に応じて

励ましより共感がいいという目をすればわが家の犬がすり寄って来る

大坂なおみ活躍する度思い出す東京ぼん太の「夢もチボーも…」

セレナーデ無性に聞きたくなる今宵雨の予感を肌が感じる

魔性の女と聞いて出掛けしが鵜匠の女の間違いでありき

たわむだけ撓み嵐に折れるなと硝子戸越しに祈りておりぬ

草木たち掻きむしられて無残なり野分のまたの日やたらに晴れる

センタッキー・フライドチキンと言いながら洗濯物を干す妻ぞよし

労いの言葉のように降る雨はなきと知りたり梅雨はや果てぬ

もう少し余韻があると思ってたコンサート見て立ち上がる時

高気圧居座りている七月はドローンとなりて高く飛びたし

スキップをしているのかと思ったら道が熱くてたまらぬワンコ

輪廻

ほんの少し装飾音が欲しいよに見えるぞ背中丸めた君は
まるで裸足で外へ出ていく感覚で振り絞りいる勇気というもの

ドン・ファンと名告るは全く自由だが引き波の中一人佇つ人

そばかすは消してはならず晴れて曇って思春期の模様

たぶんそを輪廻とぞ言う直線をなぞりていしが円弧なす時

次々と言葉を落とす帰り道翌日はまたそれらを拾う

前世の記憶ならねど昔々この木の下に埋めしものあり

雲が割れ光が突如射すならば思い出したりプロムナードを

ムササビになりたし今宵ムササビは木の上で夢見ると知るゆえ

雲を見てたつもりなれども雲が見てたようなり今日はここまでとする

取説を全く見ない娘達それでも何とかなるから不思議だ

ＪＫが女子高生とは知らぬ我彼女らはどぶという語を知らず

春の肩先

必ずしも今日の続きが明日とは限らず今日を追い詰めて行く

想像の欠如が多少あるのかも傘もたざれば春雨に濡れる

もう春の肩先あたりが見えるゆえ筵を敷いて寝転ぶさ庭に

ゴジラとてビルを枕に見る夢があるさときどき魘《うな》されており

まるで盥が落ちてきたかと思ったが盥を知らぬ君には言わぬ

星のない夜空のような青空と呟くあなたの星となりたし

逆光の中に徐々にと現るるものの名前を未だ知らざり

もう春の雨かも知れず擦れ違う子らが回せるパステルの傘

牡丹雪、淡雪、綿雪、小米雪　雪のいろいろ北国で見つ

降り初めし雨にはいつも気がつけど知らず止みたり人付き合いは

さながらにやじろべえめく夕まぐれ右に左に揺れながら行く

ホチキスでいきなり心綴じられて中身を君に見せられずいる

猛毒をもてど平気な生き物に人も入ると君は言いたり

急行はもう停まらなくなったけどじっと待ってる男が一人

一晩中起きているのかコホンとう咳《しわぶき》のしつ娘の部屋に

日曜は赤のジャージで野良仕事　なんでだろ、なんでだろなんてね

たてがみ

永遠に無くなることなき宿題か仰げば夏の大三角形が

明日また昇る朝日と知りながらその後姿《うしろで》をじっと見ている

ピチカートのような調子で言って欲しいやっと気付いた愛の言葉は

先輩はあのパペットとどこか似てる優しいエルモ？いやいやオスカー

あまりにも当たるのが嫌な天気予報雲の流れは野放しがよし

夏の夜に知らず伸びてく廊下ありぐっすり眠る子らを置き去り

いつからか仕切りなくなり丸見えの個人情報　小用を足す

しっかりとやらねばならぬ時だからたてがみくらい生やさねばならず

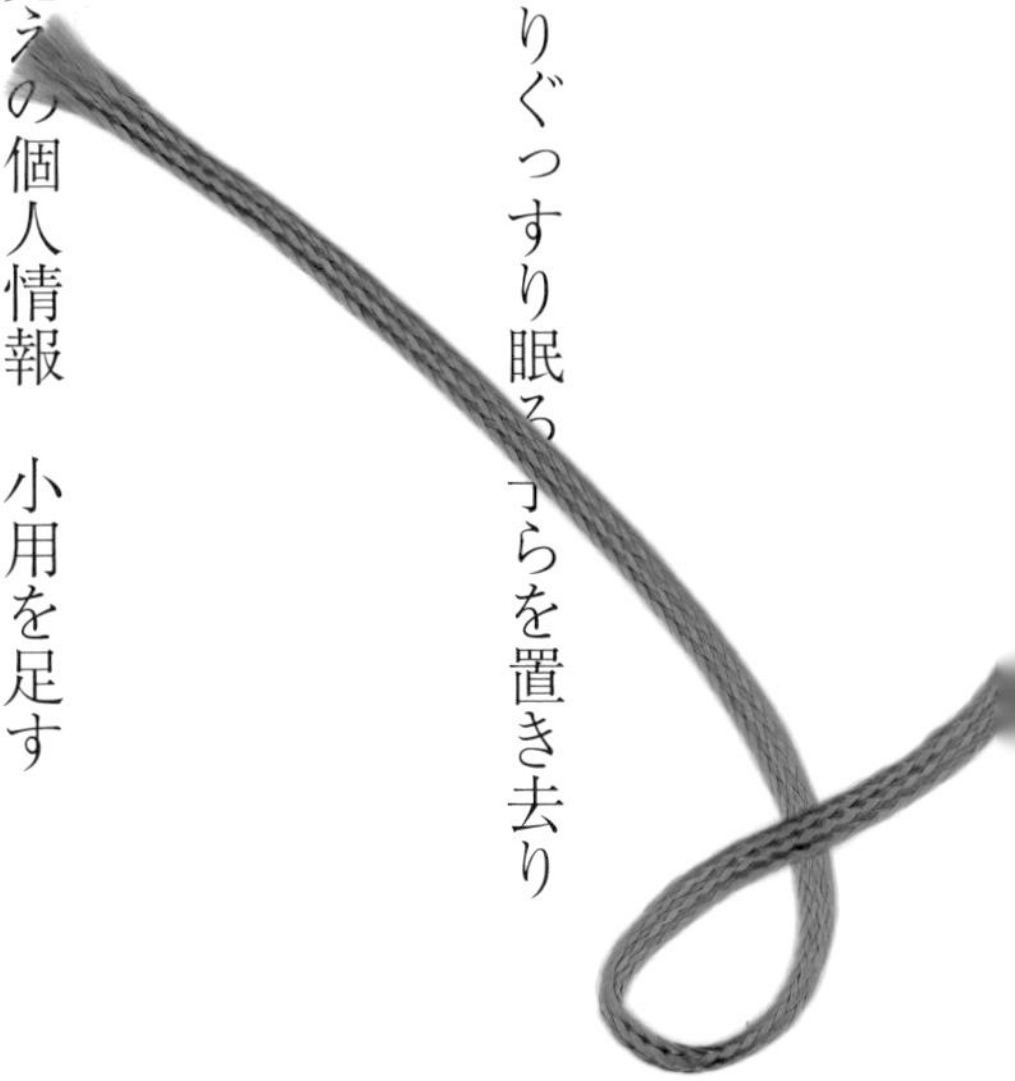

ああ今日は明石家さんまの勢いで一気にお愛想ふりまきそうで

ああ今日も彼奴《あいつ》が土足でやってくる予報円など書いて備えん

まだ一つ旋律隠れていそうだねアルトサックス舞台に光る

恋

目の前になくて愛しい心持ちそが恋と言い君は去りたり

恋ダンスちょっと踊ってみようかな今にも星が降りそうだから

土をいじり土にかえっていくような母の後ろ手見守りており

もう何が入っているのか分からない金庫の中身を聞く人のあり

音符にはちゃんと尻尾がついている口を開けば歌が飛び出す

ブリューゲルの絵に入っても違和感のなき老人になりつつあらん

日本はまだ中世だったと驚きぬ三十世紀に入った頃に

見晴らしがよいとかえって見えぬもの人の顔には出ぬ腹の内

本当に西日は嫌だが気がつけば西日が沈み何やらさびし

川尻

「翁草」とう哀しき話に心惹かる鷗外の書く短編愛しも

湖を背負えるような夜なりき花火終われどまだ仰ぐ空

セコイアの大葉浮かべて渡らんと大海原を見ていし前世

魚となりしばし回遊して来たり水族の君の航跡を追い

川を渡る約束をしたはずなのにオールも持たず落ち合う僕ら

傘させど雨はわが頬打ちやまず紫陽花はまだ小鞠のごとし

連なりて下るボートを見送りぬ尻別川の川尻の別れ

人生の楽屋のようなところよりようやく出てきた子の手を払う

葦

コンテナを開けたらいっぱい出てくるか遠い異国の怒れる虫々

大サンショウウオ抱いていいよと言われてもそんな前例聞いたことない

少しばかり早く起きたら鮮明な琵琶湖が見える近江わがもの

駐車場で会う約束は秘密めけど安く買いたる土産を渡す

打ち寄せる波の頭は大薄この海原はまぼろしならず

どうしても忘れられない旋律は遠い野原に揺れるコスモス

ありとあるものにつく影見ておりぬ例えば葦となりて朽ちたし

卑劣なる輩はまだき蠢きてアース・金鳥・フマキラー購う

ビオラでは弾けぬメロディあることを知りてビオラを選びたる君

黒電話

怪文書出でて暗雲垂れこめぬ射干玉の夜の出口ぞいずこ

仕事部屋に黒電話ありジリジリと鳴らす男の顔が過れり

三月と四月の間に水脈ありて跨いだままに終わる朔日

おまえならやりそうだなと言うようなドヤ顔の猫が道を塞げり

敵の敵も敵となりなば策尽きぬ風を待つ間のホールドアップ

草いきれ激しき春の野に出れば犬に引かれて我は駆け出す

鍋よりも薬缶がすきな人ばかり集まってくるこの喫茶店

珈琲はドリップでなきゃだめという同僚も去り新年度来る

アンテナが立たぬ部屋ぬち密談の行われたる形跡のあり

うつむいて廊下歩くを誰か見て落ち穂ひろいと囁くような

堰堤も限界を超え迸り出るものをただ見るより術なし

抜け殻のように娘が脱ぎ捨てたジャケット一つ秋は去りたり

ストーブを出すか出さぬか悩む妻本当のことはまだ秘めておく

また一人小鳥が絡めとられゆくＳＮＳの霞めく網

梯子

寂しげな背中となった犬二匹妻と見ている我らもさびし

不実なる年も終わりを告げるらし生まれ始めた朝日子を信ず

思春期の少女のような風立てば上着を脱いで聊か走る

山百合の花転々と咲き継ぎて初夏の山々我を誘う

一日の業を終えたる放課後に響く声あり友を呼びおり

ゆるがせにせぬと確かに言いたれどしがみつきくる手を振り払う

大空に梯子をかけておいたから何はともあれ外へおいでよ

頬を打つ風の拳に負けぬようもうしばらくは川沿いを行く

こんなにも静かに終わる劇だとは未だ憤怒の溢れ止まざり

リモコンに手の届かざる距離のよう山の向こうは推し量るべし

白い鳩を確かに見たと言えるようにヒロシマの青い空を見守る

山高

亡き父の被る山高思いつつ父を呼びおり南アルプス

平がなで優しく言って欲しかった職場にまつわるもろもろのことは

初めての営業終えて帰り来し娘《こ》の繰り言に英語混じれり

観葉の植物ひとつそに声を終日《ひねもす》かける我に気づけり

四次元に紛れ込みたる心地して蟬の鳴く朝出勤をせり

石礫《いしころ》と拳のいずれをとるにしても解決はせず耐えよ少年

校内に蟬の声満ち盆近し風の子供の駆ける校庭

逃げていくような日差しを浴びながら遠い三河の山並み見てる

一枚の木の葉を運ぶ川の道ははそばの母も見ていた流れ

花道のような川筋長良川見栄きるように鮎飛び跳ねる

川幅と川の深さを覚えてる美濃の河童の夏の日遠し

Ⅲ

肩車

病から癒えたる人と小半時積み木を積んでまた崩したり

親不知痛む夕べのもの思いもう子の乗らぬ我が肩車

もう空は晴れただろうか外《と》に出でて微笑む春と背比べせん

「名声と繁栄」という絵の中に暫くはいてやがて去りたり

午前から午後へと時はなだれ落つ書いておかねばならぬことども

雨に濡れ桜のこぼすため息が聞き取れなくて耳を澄ませり

一枚の書類がすべりおちたとき新しい歌生まれていたり

犬連れて犬の歩調に合わせつつ犬と言葉を交わしていたり

そこはかと流れる風の噂などしており気づけばはや日暮れ時

僕の書いた楽譜を置いておいたから後はあなたのお好きなように

前奏のような存在感だったこんなに準備をしたというのに

さよならを形にしたらどんなだろう目に焼き付いたままの手のひら

今日のしっぽ

海と山のいずれを好むと聞かるれば川と答える性ぞ哀しき

男たちはテトラポッドをじっと見るテトラポッドが恥ずかしいほど

今日のしっぽを見てしまいたる夕暮れは犬をじらして散歩するなり

アレグロで駆け抜けていく霜月ぞ銀杏並木に音符が踊る

こんなにも雲が太っていいのかと空を見上げている秋の昼

呼べど帰らぬ谺を待ちていたれどももう一度だけ叫びてみたり

叶わぬことをゆめ悔やむなと励ませば蕾みは少し微笑むごとし

そっともろ手で受け止めている夕日なり零さぬように持ち帰らねば

マンモスのように凍土で眠りたし何も言いたくない胸の内

長針はしずかに迫り短針の私はいつも抜かるるばかり

西の空

雲にいつか乗った記憶があるなんて言えるか終日《ひねもす》起案見ており

ポーリュシカ・ポーレ歌いて次々と判をつきおり四拍子なり

両手を添えて名刺をくれる若者はまだツンツンの新入社員

少年の闇がどんどん深くなる日本の夏の夜に苛立つ

新しきを知れという人ばかりだが古き衣を纏いて眠る

宗匠は気難しくてまた一人弟子を失い腕を組みたり

この部屋に奔馬現れ目の前を駆け抜けてゆく幻を見き

挨拶の機会やたらに増えたれば言葉は軽く宙に舞うなり

安寧に果てたる一日に感謝して軽く校舎に会釈をしたり

まだ少し明るさ残る西の空を見てるだろうかあの日の友も

あなたよりわたしがずっときれいだと冬化粧した山が呟く

雪舞えば遠く忘れていたことどもが知らず知らずに降り積もるなり

爆ぜるような手につくような緑なり山の吐息を感じつつ行く

家来には家来の誇りあるのだと大河ドラマを見つつ頷く

阿弥陀籤

飛び道具は汚いという声のしてあまり飛ばない程度で済ます

あの頃は無数の笑顔が溢れてた帰る所のまだあった頃

僕だけの記憶に永く灯る火も残り僅かの蠟燭となる

そこらへんに転がってると思ったがどんなにしても浮かばぬ言葉

阿弥陀籤引く指先がぶつかってちょっと運命変わったかもね

川岸で水を掬いている我に絵画のように夕影が射す

鰹節を削る昭和のお手伝い引き出し開けて母喜ばす

地団駄

この鉄路北へ北へと上るなら深まる秋と知りてはいるが

今は亡き父の賜いし文庫本をひらりとめくる秋の手のひら

空色が橙色となる夕べ会いたい人に会いにゆくべし

集まりてまた去りていく雲のよう同窓会の果てし夕暮れ

自転車に乗る子が我を励ましてよいしょよいしょと夜のマラソン

かくも長く嗄声の続く十月に語るべきことうず高くあり

こきまぜて錦織りたる秋の庭すぐ鼻先に鯉が跳ねるよ

知恩院ライトアップに輝いて京都の秋の先端におり

木枯らしに果てがあること知りてから行く先々が輝いて見ゆ

早朝の散歩で出会う犬と犬微妙な距離で少しすまして

雪を踏む音が聞こえてくるような夜に星々寂しかろうに

地団駄を踏んでみようか歳晩に訳の分からぬ怒りを込めて

ほどろほどろ雪のごとくに舞う木の葉わが肩先でじっと踏ん張る

かくまで美し

サインポール倦まず回れよ月に一度散髪しつつ人は老いゆく

幾たびも若き講師の繰り返す「インセンティブ」はうるさき小骨

もし風になれるのならばあの山の天辺《てっぺん》に行き腕組みをせん

嘘つきと言われたほうがよいのかも嘘つき村で暮らす限りは

ゆったりとコーヒー淹れる要領で話してくれるね友達だから

咲きかけの花をじっくり見つめたら恥ずかしいこと思い出したり

この雲の形を覚えられぬから過去はかくまで美しいのだ

「岐阜の前衛短歌運動展」に寄す

郡上市にある古今伝授の里フィールドミュージアムで、二〇一四年から翌年まで前衛短歌運動展を開催した。

まだ二分の色づきなれど美濃の山両の手を振り我を誘う

関を越え山をくぐって八幡の城に手を振り大和に着きぬ

前衛は岐阜の歌人が火を付けたみんな信長みたいになってた

儀式ばる古今伝授と訣別し若きイズムに賭けん我らは

木曽川を車で下る夕間暮れ高速道路にさざなみ高し

山頂に静かに点《とも》る城の灯はいつでも僕らを見守っていた

プロレス

肉と肉弾き合う音聞く度にひ弱な我の胸板疼く

空中にあんな大きな人が浮く落ちて来たればどおんと響く

体罰の業の深さを思いつつプロレス見れば寛いでくる

チョップまたチョップの嵐肉体《ししむら》は真っ赤となりて迫り来るなり

リングロープを押してみたれば反動を跳躍とする力羨《とも》しも

初めてのプロレスを見た帰り道むくむくと涌きくる何かが

ふるさとの坂

「岡井隆の世界～現在、そしてこれから」展は、二〇一三年に岡井が少年時代を過ごした主税《ちから》町にほど近い「文化のみち二葉館」で行った。その企画に立ち会うことになったのは、岡井の母校愛知県立旭丘高等学校（旧制愛知一中）に当時勤めていた縁もある。

岡井隆展初日に我は訪れてあれやこれやと副館長と

岡井の歌二首に寄す。
ふるさとの勾配ふかき坂が見ゆ誤解されつつふぶくか坂
は　『αの星』
歳月はさぶしき乳《ちち》を頒《わか》てども復《ま》た春は来ぬ花をかかげて
『歳月の贈物』

ふるさとの坂をあれこれ歌いたる人をし思う尼ヶ坂あたり

歳月に乳を求めてきし我か色紙に向かいしばし咳《しわぶ》く

永井陽子の「樟《くす》の木が道路の内に生えてゐるあそこと言
へばみんな頷《うなづ》き」に詠まれた樟の木も歩いてすぐ。

あの大きなクスノキ誰も見ていずは我はしっかり眼《まなこ》見開く

もう少し攪拌したらよかろうと曇った空に腕を突き出す

明日からまた寒くなる予報なり三月にもう手の掛かるのに

花びら

三月は別れの季節とつぶやいて静かに曲がる本庁の角

さらばさらば舞い散る桜の花びらをそっと片手に受け止めている

まだ梅が咲いているから簡単に君の言葉を忘れはしない

一陣の風に背中を押されつつさあ新しい坂を上ろう

人生はセラビ、ケセラと受け流すものさ明日も多分晴れるよ

風水を確かめている日曜の夕べ真っ赤な雲と目の合う

焼き印を押されたような日付なり「やよひじふいち」稚《いとけな》き春

守り防ぐつとめにまさる犬といてこのまほろばの幸祈るなり

紙飛行機折りて飛ばせば春風がもっともっとと励ましている

大空より大きな紐が垂れており我に昇れと命じるように

気のつけばスキップをする帰り道明日から五月輝くみどり

どこから来てどこへ行くのか闇を出て闇へ入り行く真昼のメトロ

まだ梅雨は終わりておらぬというような不機嫌な妻の咳《しわぶき》一つ

遠い国に行ってみたいと言いし子が遠くの国から電話掛け来る

赤い付箋が白い付箋と落ちたのを気づいた君に気づいた僕だ

闇夜にも光放てる石たれと子に説きながら自らに言う

狭霧立つ朝に車のエンジンをかけてしばらく目を瞑りおり

歌顔

ただ一人夜の学校回るときふとも涌きくる「いつでも夢を」

空のあの辺りにいつも見える星それが僕だと気づいた頃か

もう帰ることもないからこのあたり茫漠として懐かしきかな

聞き役に徹し疲れて帰り来し娘の肩にそっと触れたり

一日に二度ほど使う大型のパンチくらいの自己肯定感

まだ一度も開かぬ頁のあることを辞書渡しつつ娘《こ》に伝えおり

遡る水の形を思いおれば午後の業務は滴るごとし

「二人でドアを」と幾そたび歌いしか我の昭和は突然に果つ

失踪の噂の後に世を去りし歌手の揉み上げ眼《まなこ》に浮かぶ

わが父に得意の歌などあったろか植木等がやみくもに浮かぶ

携帯も地デジも知らぬ昭和人八ミリフィルムの中で笑えり

この秋の素顔見たくて朝戸出の途中たっぷり深呼吸する

うつせみの命を惜しむと詠みし人ありたり海は畏るべき場所

すれ違いざまに聞こえし言葉なり境界を今越える時だと

聞き覚えあるメロディーが響くようにわれの名前を呼ぶ母がいる

こんなにもたくさんの人乗ってたと知って驚く通勤電車

一日の長のありたる日本とまだ思いたし海を眺めて

会議果て庁舎を出れば昨夜《きぞ》見えぬ星の見えたり瞬いており

ガン見したやろなどと言われて立ち尽くす駅のホームは異界のごとし

どや顔などしてへんつもりの秋の夜ににっこり微笑むまん丸の月

この国の言の葉今こそ生い茂れ雨にも負けず種を蒔く時

「歌のことばかり考え歌顔になりたるあなた」と言われ肯う

冬が過ぎ春から夏へと就活はまだまだ続き娘《こ》の背を拝む

感傷で言ってるわけではないのだよ平成生まれの君も二十歳だ

ともかくも生きいる限りあの川は流れ続けていると知りたり

鎧

いずれ我ら静かに果てて行くものと思えど眼《まなこ》に浮かぶビッグバン

あの星の彼方に輝く星あると慰めならず思いていたり

節電の夏の盛りを耐えつつも思うは磐城の国の釜底

これくらいにしておいてやると地の底の鯰の声の聞こえぬものか

傘のみが塀の向こうを通り行く人恋しかり午後の一人居

タブレット、アンドロイドを従えて家を出ていくわが愛娘《まなむすめ》

栄螺《さざえ》の背を旋《めぐ》りて目指す天辺よ降りてくるべき頃合い難《かた》し

自ずから鎧をまとう獣あれど無防備のまま我ら立つのみ

箒目に残る足跡照らす月逃亡の語が脳裏に浮かぶ

描きかけのイラストそのまま貼り付けてわが同人誌廃刊とする

ガソリンをセルフで入れる夕まぐれこの身を充たすもの欲《ほ》りており

Ⅳ

絵本

なべて星我に向かいて輝くと子規ならねども思う如月

カーテンを開けては見たがまだ窓を開けられないか少女の君は

「はやぶさ」が胎に微かに抱き来たる星の欠片《かけら》は太古の欠片

表紙から出てきて象の泳ぐ夢とうに無くした絵本よいずこ

ホテイアオイは害草なれどその花のいっせいに咲くをただに待ちおり

噴水の水のしぶきにしばらくはうなじを晒す夜来たりなば

今頃は光を反す雪の嶺あなたはそこを歩みておらん

雲雀鳴く田圃に雨の降ってきてゆっくりゆっくり稲穂よ育て

遠くより匂うがごとし目瞑ればあなたの声は溢れ止まざる

しののめ発たそがれ行きの電車なりベンチシートに座る寡黙に

ひとしきり午前の雨に濡れたゆえじっと待つなり夜の靴音

中原中也の詩「わが半生」の掉尾が忘れられない。

「坐つたまんまで、死んでゆく」べき男ならただ愛さるることのみを欲れ

ともどちの雲

花水木咲くまでに会う約束を花水木咲き思い出したり

文鳥はわが手に乗れるその刹那ほっとその朱を深めていたり

大きな大きな野原の背中を駆けて来い春の終わりは夏の始まり

遺伝子の小さな傷に始まれる大悲劇《カタストロフ》は空事ならず

さよならの形はいつもしどけなくもつれた糸は打ち付けに切る

ポイントが切り替わりゆく夕まぐれ我の列車は北へと向かう

道筋をつけんと粘る剣が峰瀧のごときにまた阻まれて

固まりてゆくとき少し熱持つか雁字搦めの職場の椅子に

あの雲はすでに昔の雲でなしされどこの雲ともどちの雲

紐

外《と》を見れば粉雪舞える朝の景なべて清めて雪足疾《はや》し

うちつけに廃線のこと思いおり美濃の山里雪降りしきる

凍りたる滝のごときか晩年のような心を繙きたれば

眼閉じる季節ぞ冬は髪長き女は顔を見せず俯く

おのずから散りて行く葉の行く末をじっと見ており睦月真昼間

透明な小鳥を飼いて鳴かせたし家に帰りて微睡《まどろ》むまでを

いくら切りても短くならぬ紐のこと午後たけなわにふと思いたり

幸福な人間なのかも知れぬ我肩に一片花びら置いて

身のうちのなべてをぐいと絞り出す桜の古木折々震う

ぼつりぼつり雨降り出してぽつりぽつり話し始めた君を見ている

あの人もこの人もまた振り返るほんのわずかの花の縁《えにし》に

韋駄天

土砂降りの雨降り止みてしまらくは森の草木の会話も弾む

睦み合うよき娘等と見ていしが突風のごと喧嘩始まる

道端に転がる缶を拾わんと屈めばふっと伊吹嶺が見ゆ

形無しの一日《ひとひ》が果てて景品のような哀しみ床に転がる

すんなりとしたる両足投げ出して夜の娘がカップ麺喰う

自ずから足のかけ出す心地よさ山道下る我は韋駄天

輪郭をなぞるがごとくすいすいと紙切りていく男羨《とも》しも

夕方に萎れてしまう花一輪玄関の辺《へ》に我を立ち待つ

たっぷりと青を溶きたる秋の空遠足ならねど心の弾む

ペンギンの親子のように顔上げて黄色い月とにらめっこする

虫の音を聞きながら夜に寝そべれば裸身の風が寄り添いくるる

蛍

平家はた源氏哀しも滅びたるものみな闇の黒に統べらる

蛍らよわが娘らの辺《へ》にぞ寄れ彼方此方に迷うことなく

点滅を繰り返しつつ死を待てど一生《ひとよ》最後の祭をぞ祝げ

欄干《おばしま》に点る蛍を見上ぐれば天河に星を数うるごとし

真ん丸の夕陽の中にすっぽりと収まりしまま君は消えたり

振り上げた腕《かいな》伸ばせどクレーンは彼誰《かわたれ》星を未だつかめず

縺れたる紐解かねばならぬ時いつも来ている僕の伯父さん

サーカスのテント真白し気がつけば我の心は秋の原っぱ

吊り革がリズムをとって踊る朝今日の仕事が目覚め始める

打ち寄せる波の形を消し去ってテトラポッドは俯くばかり

池の向こうを行く自動車の窓光りそのまぶしさが心貫く

大切なものを探しているように土手に土筆を摘む人のあり

ハムスター飼えと強請《ねだ》れる娘らの前歯は光る鑿のごとくに

寿限無寿限無と唱えているは下の娘《こ》か食う寝るところに夜は更けていく

ブラジルにメールを返せばこの星を一周りする日本語愛しも

静かだと思えばすでに寝ており座布団を娘《こ》の腹に置きやる

もしかしてこの静寂が解答か零れるような星空の下

導線に火を付けたまま一日を終えたる我が湯舟に沈む

薄れゆく尾灯は我の乗るはずの夜汽車ぞさらば心決めたり

ミサンガ

二階から見下ろす木々の服装は色こきまぜて華やぎており

「約束は紐が切れたら叶うはず」ミサンガを編む真子の日曜

朝見たる中州午後には跡形もなくて川面に翡翠を見つ

黒い大きな鞄をもちたる女なり私の夢に住みて久しも

蝶結び片側のみが大きくていびつなままに壮年終わる

結びてもたちまち解ける野の草よいかにいますか井筒の友どち

ルビ振ればいいじゃないかと部屋ぬちに声響きたり心籠もらず

火の玉のように私は見えるかも　夜の孤独を薪として焚く

その背中だれの背中か見分け難く逢魔が時に道づれ探す

子の去りていまだ揺れいる鞦韆に腰掛けたるは風の男《お》の子か

のっぺらぼう

ガラス瓶の中に広ごる王国の天の出口を我は仰げり

行き行けば美濃の奥処の分水嶺二つの海へ　水脈《みお》は別るる

教室に入れぬ子供の目を見れば遥か彼方の星をみている

人でなしの人の育つる果物を獣《けだもの》ならぬ我が貪る

し残しの宿題机上に乾きたり子の残したる消しゴムの屑

絵に描けぬ光景としてのトラウマは故郷の家の壁に貼り付く

朝な夕な二色のペンで描きたる明日のための我のスケッチ

老いらくの小林桂樹がケイタイをかけるポーズの昭和愛おし

前例を食べる貘など飼いいるか会議半ばに敵は微笑む

高層のビルの影からもう一つビルの生れたり高速の景

電子辞書ほのかに点る夜の卓に歌の言葉の仲間を探す

焼酎を水で割るような嘘だもの家族みんなに赦して欲しい

この夏に解けそうもないなぞなぞをあなたは残し立ち去って行く

半島のさびしさを知る先生とはや十年も会えず会いたし

ひきだしの中に隠れている虫は見逃してやる二年目の夏

矢印に導かれたるまま来し場所にのっぺらぼうの男立ちおり

筆先

円陣を組む縞馬の並ぶ尻　組織というは顔隠すもの

感情を懐深く抱きたれば手を挙げざりき席立たざりき

目に見えるものしか歌えぬなどという哀しき男は置き去りにせん

無くなったキャップを惜しむごとき夏　僕の尖った筆先悲し

涼しげな瞳の君と並びおりモスクの屋根のような撫で肩

雪被く長き稜線見ておりぬ祖父を育てた養老の山

ココロシテカカレはたモウイイジャナイカ　午後の幻聴両肩に憑く

またぼおっとしているよお父さん　いやいや見えないものを見ている

錦繍と見まがうばかりのドレス着た妻を連れ立つ秋の夕暮れ

液体の糊のようなる気分ゆえ明日の乾きをはや予感せり

あとがき

第二歌集『樹皮』以来の四八五首を収録して、第三歌集『たてがみ』とした。

四部構成で、Ⅰ部は二〇二一年～二〇一九年、Ⅱ部は、二〇一八年～二〇一六年、Ⅲ部は、二〇一五年～二〇一二年、Ⅳ部は二〇一一年～二〇〇三年までの作品を、再構成して逆年順に収めている。都合十九年間だが、特に直近十年間の作品を優先する構成とした。Ⅳ部については、多くの作品を省略したので、またいずれまとめる予定である。第二歌集の編集時、「音」よりも総合短歌雑誌等、外部に発表した作品を優先したのだが、今回は、「音」の作品を重視した。肩の力を抜いて発表できる結社誌という場の魅力に、改めて気付かされた編集作業であった。

「音」には、入会以来出詠を欠かしたことがなく、評論だけでなく、歌作にも十分に意欲をもってきたのだが、とりわけ管理職となってから退職までの十一年間は、いろいろと制約も多く、歌集等自著の出版を意識的に控えたことで、長いブランクの後の第三歌集となった。その一方で、地方自治体や歌人団体が主催する短歌大会、展示、フォーラム等には積極的に関わり、短歌文学の向上に少しは尽力できたのではないかと思っている。本歌集には、そのような活動に触れた作も収録をした。郡上市にある古今伝授の里フィールドミュージアムでは、昭和三十年代に岐阜から始まった前衛短歌運動シンポジウムについて、現代短歌フォーラムや企画展によって、その意義を再検証することができたし、「短歌道場」という歌合のイベントでは、日本中から郡上の地に大学短歌会が集まるといった収穫もあった。教員としては、岡井隆、永井陽子両氏の母校の高校で、講演会や記念の短歌大会を開催したのも、懐かしい思い出である。海外日系人との交流では、海外日系文芸祭を立ち上げ、十年間にわたり、世界中から多くの日系歌人に横浜みなとみらい地区に集まってもらい、日本の歌人との交流を行ったのも、この歌集の期間である。

　歌を作ることが歌人としての活動の核とするならば、様々な短歌的行事を企画することは、いわば周辺的な活動とも言えようが、自分としては、限られた時間をできる限りそこに注入してきた。今思えば、核と周辺的な部分とが、一体化し響き合った掛け替えのない期間であった。十七年間でわずか一冊の歌集だが、自作を選り抜く作業は、自らの抒情の本質を見極めるよい機会でもあった。

自分には「たてがみ」などないのに、もしも生えていたって見えることはないのに、どこかで自分の「たてがみ」を意識していたから、ここまで来れたのだと思って集題とした。

高等学校、教育行政機関に三十七年間勤務し、昨年の三月に退職をした。四月からは、大学で国語教育に関する講義を始め、さあ歌集をまとめようという時に、積み重なった疲労もあるのか、七月頃から目の不調を覚えるようになった。「短歌」編集長の矢野敦志、打田翼両氏には、長く発行を待っていただいていた上に、さらなる遅れとなり申し訳ないことであった。打田氏とは郡上の山中のロッジや、市内の宿で雑魚寝をしながら飲み明かしたことも懐かしい。氏には、私の視力の回復を待ちながら、頼もしく伴走をしていただいた。装幀を担当してくださった片岡忠彦氏、校正作業を手伝ってくれた、「音」の浅井奈美江、若林芳樹両氏をはじめ、お世話になった皆様に深く感謝を申し上げる。

令和四年六月二十五日

小塩　卓哉

著者略歴

小塩　卓哉（おしお　たくや）

1960（昭和35）年　岐阜県生まれ
1984（昭和59）年　「音」短歌会入会
1992（平成4）年　第1歌集『風カノン』
1994（平成6）年　『新定型論　抒情を目覚めさせるもの』
2001（平成13）年　『海越えてなお　移住者たちが短歌で綴った二十世紀』
2003（平成15）年　第2歌集『樹皮』
2005（平成17）年　『茶事礼讃　文学の中に香るお茶』
2012（平成24）年　『名歌のメカニズム』
2014（平成26）年　『みなとみらいに歌が咲く　海外日系文芸祭の十年』

歌集　たてがみ

音叢書

2022（令和4）年9月26日　初版発行

著　者　小塩卓哉

発行者　石川一郎

発　行　公益財団法人　角川文化振興財団

〒359-0023　埼玉県所沢市東所沢和田3-31-3

ところざわサクラタウン　角川武蔵野ミュージアム

電話 050-1742-0634

https://www.kadokawa-zaidan.or.jp/

発　売　株式会社　KADOKAWA

〒102-8177　東京都千代田区富士見2-13-3

電話 0570-002-301（ナビダイヤル）

https://www.kadokawa.co.jp/

印刷製本　中央精版印刷株式会社

©Takuya Oshio 2022 Printed in Japan ISBN978-4-04-884490-1 C0092